약간의 거리를 둔다

약간의 거리를 둔다

소노 아야코 에세이   김욱 옮김

책읽는고양이

차례

1부

나답게가 중요해

좋아하는 일을 하든가,
지금 하는 일을 좋아하든가

내가 생각하는 '성공적인 인생'은 두 가지 가능성을 충족시키는 것만으로 충분하다.

하나는 사는 보람을 발견하는 것이고, 다른 하나는 내가 아닌 다른 사람으로는 도저히 불가능한 어떤 지점을 인생에 만들어두는 것이다. 이 두 가지는 서로를 보완해준다. 떼어놓고 생각할 수가 없다.

삶의 보람에 대해 말하자면 자신의 일에서 흥미와 기쁨을 느끼는 것이라 할 수 있다. 두 번째로 타인으로는 불가능한 나만의 어떤 지점이란 숙련도다. 내가 기쁨을 느끼고 즐거워하는 일에서 타인이 흉내낼 수 없는 나만

의 완성도를 갖춰놓는 것이 바로 성공적인 인생의 기준
점이다.

　좋아하는 일을 하든지, 아니면 지금 하고 있는 그 일
을 좋아하면 된다. 이것이 가장 중요한 조건이다.

일에서 맛본 기쁨

오기를 부려서라도 나보다 뛰어난 타인의 장점을 깎아내리려는 심리가 있다. 자기만의 토대를 갖추지 못했기 때문이다. 그래서 사소한 부분까지 타인과 비교하고, 상대보다 조금이라도 우위를 차지하려고 버둥거린다.

사람에겐 저마다의 전문 분야가 있다. 사소한 일이어도 상관없다. 내 힘으로 사회에 공헌할 수 있다는 자신감으로 기쁨이 시작된다면 그것으로 충분하다. 그런 기쁨을 맛본 사람은 인간 사회의 순위 따위에 신경 쓰지 않는다.

일이 곧 기쁨이라는 말뜻은 그 분야에서 내놓을 만한 기량을 갖추게 되었다는 의미다. 각 분야에서 웬만큼 인정받는 사람들은 스스로 인정하느냐를 떠나 맡은 일에서 기쁨을 찾아낸 사람들이다.

왜냐하면 기쁨은 거저 편하게 얻어지는 것이 아니기 때문이다. 예를 들어 분재만 하더라도 고생이 뒤따르는 법이다. 그 고생을 참고 인내한 사람만이 훗날 완성된 아름다움을 소유한다.

핵심은 자신이 할 수 있는 일들을 통해 성공과 행복이 만들어진다는 것이다. 단순한 원리다.

그러기 위해서는 먼저 할 수 있다는 자신감을 기준으로 직종을 찾아낼 것. 그리고 평생토록 그 길을 닦아나갈 것.

이 여행에 필요한 준비물은 약간의 지성과 약간의 용기가 전부다. 목숨 걸고 적진에 뛰어들 정도의 용기까지는 아니라는 말이다. 처음에 던져지는 사람들의 비웃음이라든가, 금전적으로 힘겨운 시절을 참아내는 정도의 용기만 있으면 된다. 그마저도 내가 하고 싶은 일을 하는 데 따른 잠시의 시련이므로 그다지 괴로운 일도 아닐 것이다.

인내의 진실

동화 속 '요술봉' 하나만 있으면 원하는 모든 것이 내 손에 들어올 텐데, 그 마법의 봉을 구할 데가 없다는 것이 문제다.

이 요술봉을 대신할 수 있는, 그나마 유사한 무엇인가를 찾는다면 딱 하나 있다. 바로 인내다. 인내는 누구든지 원하기만 하면 손에 넣을 수 있다.

인내라는 말에는 깊은 뜻이 담겨 있다. 인간은 희망하는 것을 원하는 그 순간에 갖지는 못한다. 여러 가지 복잡한 상황에 놓여 있는 것이다. 몸이 아파서 얻지 못하는 경우도 있고, 내 몸은 건강한데 가족 중 누가 많이 아파서

열 일을 제쳐두고 간병에 나서야 할 때도 있다.

상황이 이렇더라도 인내하고 기다리면 언젠가는 나름의 성공을 거둔다. 돈은 행복의 전부가 아니다. 돈이 많다고 해서 원하는 모든 것을 손에 넣을 수 있는 건 아니다. 하지만 인내는 다르다. 오랫동안 인생을 살면서 알게 되었다. 돈으로도 얻지 못하는 것을 인내로는 얻을 수 있다. 성공의 유일한 열쇠는 인내인 것이다.

범죄자에게 부족한 것은 재능이나 학력이 아니다. 인내다. 최근에 일어난 사건들만 봐도 알 수 있다. 인내하지 못하고 욕심이 향하는 대로 문제를 일으킨다.

소설가의 작업은 인내 그 자체다. 수천 매의 작품이 완성되기까지 한 글자, 한 글자씩 매일 써내려가야 한다. 요리사도, 콘크리트 기사도, 농부도 모두들 인내를 기본으로 하고 있다.

그중에서도 인내가 가장 필요한 곳은 사랑이다. 사람이 사람을 사랑하는 마음을 보여줘야 할 때. 상대를 소중히 생각한다면 그의 행동이 마음에 들지 않더라도 견딘다. 절대로 버리지 않는다. 인내는 보이지 않는 곳에서 인간을 받들어주는 힘이다.

고통의 가치

고통을 좋아하는 사람은 없다. 견뎌냄은 피하고 싶은 숙명이다. 이왕지사 편하게 매일을 지내고 싶다. 그러나 인생은 그렇게 되지 않는다. 얄궂게도 피하고 싶은 고통이 나를 성장시키고 발전시키는 바탕이 된다. 행복만이 우리를 만들어내는 것은 아니다. 불행도 우리를 만들어내는 중요한 재료다.

안타깝게도 현대사회는 불행의 가치를 인정하지 않는다. 고통스런 일은 피하려 들고, 노력하지 않고도 얻어내는 법을 배우려고 한다. 사회 각층에서 전보다 프로페셔널의 비율이 줄어들고 아마추어가 급증하고 있는 게

그 증거다. 믿고 맡길 수 있는 전문가가 아주 없는 것은
아니지만 계속해서 줄어들고 있다.

'남들만큼'이란 말의 모호함

　인간에게 최대의 거름이자 재산은 주어진 환경이다. 고주망태 아버지에 불륜을 저지르는 어머니, 가난하다며 멸시하는 선생님은 확실히 바람직스러운 환경은 아니다. 하다못해 남들과 비슷한 정도의 생활만이라도 해보고 싶다는 꿈을 갖게 되는 것은 당연한지도 모른다. 그런데 남들과 비슷한 역량의 부모 밑에서는 특별한, 그리고 강렬한 교육적 자극은 기대할 수 없다.

　사실 '남들만큼'이란 개념은 매우 모호하다. 무엇을 근거로 '남들만큼'의 존재라고 부르는 것인지, '남들만큼'의 허용범위가 어디까지인지 기준은 없다.

자기다움을 유지하려면

좋은 시절이든, 힘든 시절이든 티 내는 것을 좋아하지 않는다. 매사 결과는 내 몫이다. 무슨 일이 있어도 남탓을 하지 않는다. 그런 마음으로 살아가다 보면 자기다움을 유지할 수 있는 안정적인 지점이 발견된다. 나를 아는 사람은 나밖에 없고, 나의 행동을 결정할 수 있는 권한도 나에게만 주어졌다.

스스로 정한다

친구를 사귀거나 물건을 구입하는 일 등에 스스로 선택하지 못하는 인생은 재미없다.

인생에서 '기호'를 갖는다는 건 굉장히 중요하다. 타인의 평판을 신경 쓰는 사람은 자신의 기호가 아닌 주어진 기호대로 따라가는 사람이다. 기호가 없는 사람처럼 위험한 존재는 없다. 그들에겐 타인의 조종에 의해 흥분하게 될 소질이 있다.

인간의 정신은 시시각각 선택이라는 조작에 의해 움직인다. 그 움직임 중 가장 하찮은 것을 꼽는다면 점심은 뭘 먹을까, 같은 것이다. 그런 선택부터 시작해 복잡한 내면을 정리하는 괴로운 선택까지 우리는 감당해야 한다. 그런 점에서 봤을 때 선택이란 인간 정신의 용기를 말해주는 증거다.

역경이 주는 보람

역경 속에도 즐거움이 숨어 있고, 이를 재미있게 받아들일 수도 있다. 그러기 위해서는 역경마저 평범한 일상 중 하나로 여겨야 한다. 조심스럽다기보다는 소심한 성격에 가까운 사람들은 평온한 일상을 유지하는 데 재능을 보인다. 하지만 그 이상의 세계는 얻지 못한다. 그래서 이들은 재미가 없다. 남들에게 들려줄 만한 실패나, 쉽게 경험하기 힘든 체험이 없어서다. 유난히 재미난 사람들이 있다. 그들은 경제적으로, 또한 시간적으로 고생과 위험 부담을 즐겁게 감당하며 살아왔기 때문이다. 인생처럼 정직한 것은 없다.

인생의 재미는 이를 위해 지불한 희생과 위험에 정확히 비례한다. 모험을 택하지 않고서는 사는 재미도 보장받을 수 없다.

부러워하지 않게 된다

가톨릭 학교에 다니면서 배웠던 것들이 나이가 들어감에 따라 깊어짐을 느낀다.

각자 우리는 세상에서 둘도 없는 임무를 명령받고 있다. 자신의 타고난 능력과 처한 환경을 고려해 신께서는 우리들 한 사람, 한 사람에게 살아갈 것을 명령한다. 이 은밀한 사명을 따라가다 보면 보이지 않는 신이 내 곁에서 나를 관찰하고 있다는 것이 느껴진다.

신의 시선이 느껴짐과 동시에 다른 사람을 부러워하지 않게 된다. 또 대단치 않은 삶이라며 업신여기지도 않게 된다. 그저 '신의 도구'로서 살아가는 순간들에 만족하는 것이다. 톱이 드라이버 역할을 할 수는 없다. 우리들 각자는 남들이 할 수 없는 일을 사명으로 부여받았다.

자유로워진다

남과의 비교를 중단하면 자유로워진다. 자연스레 막힘없이 나의 생활을 키워나가는 힘이 생긴다. 나만의 특기가 발견되는 것이다.

자기가 좋아하는 일도 쉽게 발견된다. 일요일에 요리를 하는 것이 남자 체면에 말이 아니다, 라는 생각도 하지 않게 된다. 보기 흉하다고 생각하는 감정은 관객을 의식하고 있다는 증거다. 자신이 양념한 요리가 자기 혀에 제일 잘 맞는 건 당연한 일이며, 내 손이야말로 내 입맛을 위한 최고의 요리사인 것이다.

회사는 사랑하지 않는 것이 좋다

회사나 조직을 사랑하는 것은 어리석은 짓이다. 사랑은 사랑의 시작과 동시에 눈을 멀게 만든다. 이성을 향한 깊은 애정만 그런 것이 아니다. 회사를 사랑하기 때문에 자신과 상관없는 인사 문제에 쓸데없이 간여하고, 그만둔 후에도 영향력을 행사하려 들고, 남아 있는 동료를 귀찮게 만든다.

회사를 사랑하지 않는다면 예컨대 구조조정의 광풍이 휘몰아쳐도 절망하지 않는다. 마음에 들지 않는 조직에 매달려 괴로워하지 않아도 된다. 세상에 절대적인 것은 없다. '퇴로'를 미리 계산해두지 않는 것이야말로 잘

못이다.

　욕심 부리지 않는다면 도망칠 길은 얼마든지 있다. 지
금과 같은 생활을 앞으로도 유지해야 한다는 욕심 때문
에 달라지지 못하는 것이다. 인생의 기본은 소박한 의식
주의 확보로 충분하다. 죽지 못해 산다는 말은 죽지만 않
으면 사는 것쯤은 충분하다는 뜻이기도 하다.

　나는 누군가에게 영혼을 팔지 않고 살아가는 것보다
훌륭한 일은 없다고 생각한다. 세상 무엇보다 나를 더 사
랑하는 게 옳은 일이라고 믿는다.

도움이 되는 존재

누군가에게 '약간의 도움'을 남기고 죽는다면 대성공이다. 대통령이나 장관의 업적이라 해도 고작해야 '약간의 도움'에 불과하다. 그런 점에서 부모는 '약간'이라고 말할 수 없는 '위대한' 영향을 자녀들에게 남긴다.

살다보면 자기도 모르는 사이에 누군가에게 조금은 도움이 되는 존재로 기억되겠지만, 나는 여기에 큰 의미를 부여하고 싶다. 길에서 처음 만난 아기 엄마를 도와 함께 유모차를 들고 계단을 오르는 것은 '약간의 도움'이지만, 상대방에겐 뜻하지 않은 행운이다. 나는 행운을 만들어낸 장본인이 되는 것이다.

반려자를 행복하게 해주는 존재

아내에 대해, 또는 남편에 대해 이 사람과 결혼해서 다행이라는 생각이 들 때는 사소한 감동이 전해져서다. 사회적으로 큰일을 하는 남자들이 정작 자기 아내에겐 평생토록 미움을 받아 불행하게 살아온 예를 많이 알고 있다. 반려자마저 행복하게 해주지 못하는 사람이 국민의 행복을 담보로 정치가가 되고, 사원들의 목숨줄을 쥐고 경영에 나서는 것이다. 이처럼 웃기는 상황이 또 있을까 싶다.

애쓰지 않는다

나이가 들고부터는 큰 방향을 정하고나면 사소한 것들은 그냥 흘러가는 대로 내버려둔다. 어쩌면 그 반대인지도 모르겠다. 인간이 결정할 수 있는 문제는 고작 저녁 찬거리 정도다. 찬거리라고 해도 막상 마트에 들러 본격적인 쇼핑이 시작되면 예정한 품목 따위는 까맣게 잊어버린다. 운명은 마트에서 장보는 것과는 차원이 다른 문제다. 인간이 자신의 운명 중에 스스로 결정할 수 있는 것은 없다. 우리가 20세기 종반에 지금의 부모 밑에서 태어난 것은 우리의 의지가 아니었다. 우리는 그 운명을 겸손하게 받아들여야만 한다.

흘러가는 대로 내버려두는 것. 그것이 내 삶의 미의식이다. 왜냐하면 인간은 죽기 전까지 막연히 흘러가는 게 전부이기 때문이다. 쓸데없이 저항하기보다는 당당하게, 그리고 묵묵히 주변 사람들과 시대의 흐름을 따라가고 싶다.

한집에서 같이 사는 가족일지라도 실은 서로 고독하다. 왜냐하면 각자 나름대로 살아갈 것을 신에게 명령받았기 때문이다. 그리고 그 삶들은 누구 하나 칭찬해주지 않더라도 그 자체로 훌륭하게 완결되어 빛난다. 자기 행위를 타인에게 평가받지 못해 안절부절못하는 사람들은 버둥거릴 수밖에 없다. 내가 만족할 수 있는 삶을 보내고 있다면 누가 알아주지 않아도 행복하다는 자신감이 중요하다.

옛날이나 지금이나 나는 질리지도 않고 많은 것들을 소망해왔다. 그러나 어느 사이엔가 내가 소망하더라도 신이 원치 않는다면 그 일은 절대로 이루어질 수 없음을 깨닫게 되었다. 아니 이런 표현은 올바르지 못하다. 어차피 내 인생에서 벌어질 수 없는 일들은 절대로 벌어지지 않는 법이다.

여기서 결과에 불복하느냐 또는 이 결과를 신의 의지

로 읽어낼 수 있느냐의 차이는 매우 크다. 나는 어려서부터 단념을 잘하는 아이였는데, 순순히 결과를 인정하는 게 중점은 아니다. 소원이 이루어지지 않았다는 결과에서 신의 깊은 배려를 찾아내는 것. 여기까지 생각할 수 있느냐가 중요하다.

좌절에서 의미를 발견한다

신을 믿지 않는 사람에게 화가로서 대성했느냐 아니냐는 인생의 모든 것이 된다. 자신의 재능이 평가받아 화단의 중진이 되고, 예술원 회원이 되고, 문화훈장을 받아 궁전 홀에서 그만을 위한 전시회가 열리는 것과 풀이 우거진 시골 작은 마을에 파묻혀 병에 걸린 아내의 뒤치다꺼리나 하며 지내는 삶 사이에는 하늘과 땅만큼의 괴리가 있다. 전자는 성공한 인생이며, 후자는 누가 봐도 실패한 인생이다.

그러나 종교적 해석은 그렇지 않다. 화가로서의 삶을 희생시키며 간병한 대상은 아내였다. 거리의 흔한 여자가 아닌 나를 사랑해주는 세상에 하나뿐인 아내였다. 위대한 화가가 되는 것만큼이나 위대한 희생이다.

"내가 진실로 너희에게 말한다. 이 작은 이들 가운데 한 사람에게 그가 제자라서 시원한 물 한 잔이라도 마시게 하는 이는 자기가 받을 상을 결코 잃지 않을 것이다." (마태오복음 10장 42절)

"그러면 임금이 대답할 것이다. "내가 진실로 너희에게 말한다. 너희가 내 형제들인 이 가장 작은 이들 가운데 한 사람에게 해준 것이 바로 나에게 해준 것이다." (마태오복음 25장 40절)

신을 믿는 사람은 이런 상황에서 선택이 어렵지 않다. 화가가 되는 것은 큰 소망이다. 그 전에 병든 아내의 모습을 빌린 신이 내 곁에 있다. 불운을 한탄하며 아내를 원망하기도 했을 것이다. 하지만 내 도움 없이는 살아갈 수 없는 아내가 있다. 아내를 살리는 것은 그림을 그리는 것보다 더 큰 영광이며, 무거운 임무다. 왜냐하면 신께서는 '그것은 나를 살리는 일이다' 라고 말씀하셨기 때문이다.

재미나게도 신앙에서는 실패한 인생이란 없다. 신을 믿기만 하면 무슨 일을 하든 실패하지 않는다는 뜻이 아니다. 인간의 삶이 신의 존재와 연결되어 있다는 믿음에서는, 가령 약간의 좌절은 있더라도 그런 좌절에서조차 의미를 발견하게 된다. 그렇게 찾아낸 의미가 인생의 빛이 된다. 이 빛은 세상에 널린 흔한 빛이 아니다. 세상이라는 어둔 그림자 속에서도 눈부시게 빛나는 나만의 기쁨이다. 성공이란 무엇인가. 질문에 대한 대답이 역전되는 것이다. 이는 어떤 정치가, 심리학자, 극작가도 해내지 못할 역전극이며, 해방이다.

2부

고통은 뒤집어볼 일

시련을 겪은 덕분에

어렸을 때 우리 집은 가정 폭력이 있었다. 내가 선택할 수만 있다면 평화로운 가정에서 태어났을 것이다. 하지만 운명은 나를 평화롭지 못한 가정의 외동딸로 선택했다. 어쩔 수 없이 주어진 운명에 순종하고, 적극적으로 이를 개척하는 수밖에 없었다. 소녀 시절에 매일같이 이런저런 마음의 상처를 받았다. 그 바람에 무척 이른 나이에 인생은 비참하고 어둡다는 것을 깨달았다. 어린 나이에 인생의 밑바닥을 체험한 덕분인지 작은 도움에도 한 줄기 빛을 만난 것처럼 감사하는 버릇이 생겼다. 아무리 어둔 터널 속에 있더라도 희망을 잃지 않는 법을 알게 되었다. 세상이 살기 어렵다지만 매년 조금씩이나마 좋아지는 모습도 있다. 나는 그 작은 변화에 진심으로 고마움을 느낀다. 어려서 세상의 쓴맛, 단맛을 다 겪었기 때문이다. 별것도 아닌 일에 고마움을 느끼는 현재의 내 모습이야말로 그 시절 나를 괴롭혔던 쓰라린 운명의 선물이라고 생각한다.

떨어지길 잘했다고 말할 날이 온다

이를테면 입사 시험 결과 '친구는 합격했는데 나만 떨어졌다'와 같은 상황이다. 나는 이왕지사 낙천적으로 생각하고 싶다. 나라면 입사 시험에 불합격했다는 통보를 받고 합격한 친구를 부러워하기보다는 떨어지길 잘했다고 말하는 날이 올 거다, 라고 속 편히 생각해버릴 것이다.

간절히 지망하던 회사에 취직하지 못하고 좌절하는 젊은 친구를 보며,

"그 회사엔 분명히 당신 마음에 안 드는 사람이 있었을 거예요. 불합격된 게 다행이라고 생각하는 날이 올 거

예요."

라고 말해주었다. "내 실력을 못 알아보는 곳이라면 나도 싫다."고 말해버리는 방법도 있겠지만, 그보다는 운명이라는 것을 강제로 연관시킨다. 만에 하나 입사 시험에 합격해서 회사에 다녔더라면 분명 내 신상에 좋지 못한 일들이 벌어졌을 것이다, 나에겐 새로 입사 원서를 넣은 회사에서 해야 될 임무가 정해져 있기 때문이다, 라고 스스로 운명을 만들어보라는 이야기다.

지나치게 낙관주의라 생각할 수도 있겠지만 나는 이같은 운명론을 저버리고 싶지 않다. 내 뜻대로 일이 풀리지 않을 때는 신께서 머잖아 "너는 다른 길을 가야 한다"라는 지시를 내려주리라. 운이 나쁘다며 우물쭈물 고민하는 건 내 성격에 맞지 않는다. 운명을 순순히 받아들이고 다음 운명을 기다리는 편이 생산적이다. 나의 노력이 결실을 맺지 못한 이유는 신께서 나에게 다른 무엇인가를 기대하고 있기 때문이다. 그렇게 믿고 다음 단계를 준비했을 때 새로운 길이 펼쳐진다.

최선보다 차선으로 성공한 사람이 더 많다는 게 그 중 거다.

"미쓰이물산이나 미쓰비시상사에 가고 싶었지. 하지

만 경쟁률이 너무 높아서 실패했어. 어쩔 수 없이 지방의 중소기업에 입사했는데 거기는 대학을 졸업한 사람도 적고, 머리를 쓸 줄 아는 사람도 거의 없어서 어느새 내가 사장이 돼 있더라고."

지인 중 한 명은 자신의 성공을 이렇게 돌아봤다.

"이런 자그마한 회사는 싫어. 세상이 알아주는 대기업에 들어가고 싶었는데."라고 한탄하기보다는 "나를 써줘서 감사합니다."라는 겸손한 마음으로 주어진 자리에서 최선을 다한다. 그 나름대로 보람된 성과를 얻게 될 것이다.

인간에겐 운명이 강제로 부과된다. 우리가 바꿀 수 없으므로 운명이다. 또 억지로 바꿔본들 부자연스럽고 아름답지 못하다. 그래서 우리는 그것을 감수하고 그 운명을 토양삼아 인생을 키워나가야 하는 것이다. 그것이 바로 운명을 초월하는 인간의 위대함이다.

불행은 사유재산이다

　인간은 비극적인 체험을 통해 진리에 도달한다. 나는 옛날부터 그렇게 생각했다. 질병, 빈곤, 차별, 폭력에 따른 불안한 생활, 전쟁, 이런 것들은 바람직하지 못한 환경이다. 세상에서 근절시키려고 다 같이 노력하는 것이 마땅하다. 그런데 분명한 사실은 이런 비극적인 체험이 위대한 성과의 밑거름이 되기도 한다는 점이다.

　불행은 엄연한 사유재산이다. 불행도 재산이므로 버리지 않고 단단히 간직해둔다면 언젠가 반드시 큰 힘이 되어 나를 구원한다.

사소한 불운을 즐길 줄 아는 자

　내가 NGO 단체 회장으로 일하면서 동료들에게 부탁한 것 중 첫 번째가 불공평에 익숙해지자는 당부였다. 불공평한 결과에도 다 같이 웃을 수 있는 힘을 기르자는 것이었다. 세상은 원래 불공평한 곳이므로 그러려니 참고 견뎌내자는 나약한 소리가 아니다. 이 세상에 완전한 평등은 존재하지 않으므로 인간 사회의 이런 특성을 이해하고 일일이 상처받지 말자는 각오였다. 나아가 불공평을 이겨낼 수 있도록 정신을 단련시키자는 제안이기도 했다. 억울하게 생명을 잃거나, 오랫동안 앓아눕거나, 직장에서 이유도 없이 왕따를 당하는 상황에서도 웃어넘기자는 것은 아니다. 이 정도로 심각하지는 않은 사소한 불운쯤은 감수하고 즐기는 마음의 여유를 기대했던 것이다.

어느 분이 재단 앞으로 값비싼 송이버섯을 선물했을 때의 일이다. 손수 가을에 추수한 것이라고 했다. 총 다섯 봉지였다. 우선 내가 회장 권한으로 두 개를 챙겼다. 이를 두고 '직권 남용'이라고 하는 것이다. 나머지 세 개는 내 방에 들어오는 순서대로 한 봉지씩 주기로 했다. 행운을 차지한 세 명은 젊은 직원들이었다. 재수가 없었던 네 번째 방문자는 재단에서 나를 가장 많이 도와주는 비서실 책임자였다. 그분은 남자여서 송이버섯 같은 건 별로 필요하지 않을 줄 알았는데 "이럴 수가…." 웃으며 억울해 했다.

모순이 생각하는 힘을 준다

　세상은 모순투성이다. 그리고 이 모순은 인간에게 생각하는 힘을 준다. 모순 없이 만사가 계산대로 척척 진행되었다면 인간이라는 존재는 처치 곤란한 장애물이 되었으리라고 확신한다. 생각이라는 게 필요 없을 만큼 세상이 공리적이고, 그래서 신앙과 철학이 무의미하며 정의가 완수되어 불만이 사라진 세계는 행복할 리 없다. 역설적이게도 인간이 인간답게 숭고해질 수 있는 까닭은 세상이 매우 불완전한 곳이었기 때문이다. 정의는 행해지지 않고 약육강식이 난무하며, 사람들은 권력과 금전에 수시로 유혹을 받는다. 그래서 우리는 그것들에 저항하고자 보다 인간적일 수밖에 없었던 것이다.

고뇌가 없는 사람은 인간성을 잃는다

이 한마디를 빼놓고는 인생에 대해 아무 말도 할 수 없다. 고뇌는 인간을 인간답게 만드는 매우 중요한 요소다. 고뇌가 없는 인간은 인간성을 상실한다. 고뇌하지 않는 인간에겐 신도, 사람도 보이지 않는다.

뛰어남에 대한 세상의 인식은 상식적으로 플러스에 가깝다. 그런데 세상은 매우 복잡하다. 수재가 아닌 평범한 사람들이, 협조가 아니라 비협조 때문에, 근면 대신 게으름과 유복하지 못한 빈곤, 그리고 건강하지 못한 병마에 의해 세상에는 전에 없던 뛰어남이 발생하기도 한다.

어떤 운명으로부터도 우리는 배운다. 그것을 배우지 못한 인간만이 운명에 패배하는 법이다.

행복한 순간에는 진짜 얼굴이 나타나지 않는다

　행복한 인간은 지나치게 너그럽고, 지나치게 자신감이 넘친다. 그러나 오늘의 행복과 자신감이 언제 무너질지 모른다는 두려움이 뒤에 숨어 있다. 두려워한다면 그나마 다행이다. 많은 사람들이 나는 반드시 행복해져야 되는 사람이라고 생각한다. 이런 사람들의 특징은 행복이 노력에 의해 얻어진다는 믿음을 갖고 있다. 그러나 이는 내가 나쁜 마음을 먹지 않는 한, 운명이 나를 버리지 않는다는 의심 한 점 없는 망상이다.

　세상은 절대로 순순히 보답해주는 법이 없다. 화상을 입지 않은 평범한 인간은 화상 당한 고통을 짐작하지 못한다. 불에 타고 데인 후에야 인생이 이토록 괴로울 수도 있음을 깨닫고 좀 더 강한 인간이 되는 것이다.

　누가 말하지 않더라도 설국(雪國) 사람들은 겨울의 혹독함 없이 봄은 여물지 않는다는 순리를 알고 있다. 도쿄의 겨울은 따뜻하기 때문에 그만큼 봄이 되어도 향기가 나지 않는다는 것을 사람들은 모른다.

두 얼굴을 번갈아 내보인다

우리에겐 예감이라는 게 있어 괴로운 일이 머잖아 닥치리라 예상하는 것이 가능하다. 그럴 때는 우선 폭풍을 피하고 보는 게 상책이라고들 말한다. 웅크리고 도망치는 것이다. 얼굴을 숙이고 못 들은 척하고 잠들었던 것처럼 꾸미고 말끝을 흐려놓는다.

이렇듯 비겁하게 도망치는 자세와 더불어 때로는 정면에서 부딪히는 용기도 필요하다. 인생은 양면성이다. 두 얼굴을 번갈아 내보이며 살아가는 인생이 가장 자연스럽다.

도망치는 것을 모르고 살아가는 사람도 있다. 우리는

그들이 용감하다며 부러운 눈으로 바라보지만, 왠지 모르게 인간적이지가 않다. 살다보면 의욕을 잃은 때도 있다는 걸 허용하지 못하는 사람은 때론 융통성이 없어보여 다가서기가 꺼려진다.

마찬가지로 늘 도망만 치는 사람은 문제를 근본적으로 해결할 수 없다.

즉시 대답하지 않아도 된다

고식(姑息)이라는 말은 '잠시 동안 한숨 돌리다' 라는 뜻이다. 인간이 자신의 선택에 의해 잠시라도 한숨 돌릴 수 있다는 것, 살아간다는 진행을 미룰 수 있는 것은 대단한 일이다. 오늘 중으로 자살을 계획하고 있던 사람이 마지막 인사를 나누러 친구 집에 들른다. 친구는 유난히 따뜻하게 맞아주며 "목욕부터 해."라고 권한다. 저녁상까지 대접받고 어찌 죽을까 골똘히 생각하고 있는데 친구는 "피곤할 테니 오늘밤은 푹 쉬어."라고 인사를 건넨다. 그 말을 듣고 왠지 오늘은 죽기가 좀 뭐하다. 결과적으로 죽어버릴 기회를 놓친 것이다.

나는 지금껏 살아오면서 내 앞에 문제가 닥쳤을 때마다 쉽게 결론내리지 못하고 머뭇거렸다. 오늘 당장 대답하기에는 어딘지 모르게 무리가 있다는 의구심을 지우지 못하는 것이다. 나답지 않게 명확한 결론을 앞세우는 것이 왠지 위험하게 느껴졌다는 뜻이다. 그때마다 하루나 이틀 밤을 푹 자고 이삼 일을 별일 없이 보내버린다. 무턱대고 가만있는 건 아니다. 머릿속은 온갖 생각들로 복잡하다. 그렇게 시간을 끌며 버티는 도중에 최선의 대책도 아니고 결코 현명한 해결법도 아니지만 제법 나다운 결론, 훗날 나의 어리석음을 후회하지 않을 정도의 대답이 나오는 것을 손가락이 모자랄 정도로 경험해왔다.

매사 적절한 때가 있는 법

매사 때가 있다. 구약성서 코헬렛서(전도서) 중에는 다음과 같은 훌륭한 구절이 있다.

"하늘 아래 모든 것에는 시기가 있고 모든 일에는 때가 있다. 태어날 때가 있고 죽을 때가 있으며 심을 때가 있고 심긴 것을 뽑을 때가 있다. 죽일 때가 있고 고칠 때가 있으며 부술 때가 있고 지을 때가 있다. 울 때가 있고 웃을 때가 있으며 슬퍼할 때가 있고 기뻐 뛸 때가 있다. 돌을 던질 때가 있고 돌을 모을 때가 있으며 껴안을 때가 있고 떨어질 때가 있다. 찾을 때가 있고 잃을 때가 있으며 간직할 때가 있고 던져버릴 때가 있다. 찢을 때가 있고 꿰멜 때가 있으며 침묵할 때가 있고 말할 때가 있다. 사랑할 때가 있고 미워할 때가 있으며 전쟁의 때가 있고 평화의 때가 있다."

3년쯤 후에 만났더라면 인연이 닿아 결혼했을지도 모르는 상대를 조금 일찍 만나 이루어지지 못할 때가 있다. 같은 매화나무에서 자랐더라도 덜 익은 열매는 먹지 못한다. 같은 상대임에도 때가 무르익기 전에 섣불리 조우하게 되면 사랑이 진전되지 못한다.

유난히 나를 좋지 않게 바라보는 사람이 있었다. 그 사람의 비난이 신경 쓰여 한동안 헤어나지 못한 날도 있었다. 내 안에서 강렬한 악의가 싹텄음은 자명하다. 우리는 서로 치고받는 싸움을 벌이지는 않았다. 하지만 언제든 기회가 찾아왔을 때 그 사람이 나에 대해 얼마나 무책임한 말들을 해왔는지 온 세상에 알려주리라 다짐하고 있었다.

그런데 어느 시기부터 그 사람이 더 이상 나를 언급하지 않게 되었다. 코헬렛서에 따르면 '말할 때'가 지나 '침묵할 때'가 찾아온 모양이었다. 나 또한 지난 시절 나를 괴롭혔던 그 사람의 비난을 잊어버리게 되었다. 잊어버릴 때가 되었던 것이다.

이것이 계절의 변화처럼 자연스러운 일인지도 모르겠다. 인간이 하루아침에 지혜로워질 수는 없다. 사람은 오랜 세월 헤매야 하며, 때로는 잘못을 저지르고, 때로는 어리석음에 정열을 불태우다가 끝내는 자신에게 필요한 최고의 선택을 내리게 되는 순간을 맞이하게 된다.

눈이 내리고 새싹이 움트고 작렬하는 태양이 시들어 비로소 단풍이 빛나는 가을이 찾아오는 것과 하나도 다를 게 없는 이치다.

불행한 사람만이 희망을 소유한다

어둠 없이는 빛의 존재를 깨닫지 못한다. 인생이라고
다를 리 없다. 행복은 여간해서는 그 실태를 알아차릴 수
없지만 불행을 배우는 순간, 불행과 다른 행복의 존재를
상상하게 된다. 그러므로 불행은 생각만큼 손해는 아니
다. 행복에 대한 갈망은 오직 불행한 가운데 키워지기 때
문이다. 절망적인 운명을 똑바로 응시하지 않는 한, 희망
의 본질에서 빛나고 있는 삶의 비밀은 영원히 드러나지
않는다.

견뎌내는 것이다

한탄해본들 불운이 사라지는 것은 아니다. 어두운 얼굴을 해 보인다고 인생이 달라지는 것도 아니라면 같은 상황에서 밝게 웃고 있어도 달라지는 건 없다. 어느 쪽을 선택할 것인지는 자신의 몫이다.

질병에 걸리고 수험에 실패하고 실연하고 망하고 전쟁에 휘말려 죽을 고비를 넘기고, 육친의 사별, 믿었던 이들에게 배신당한 사람은 그 고통스런 시간을 버텨내는 것만으로도 몰라보리 만큼 강해진다. 마침내 불행이 그만의 개인적인 자산이 되어 그의 등 뒤에서 밝게 빛난다.

불행을 한탄하며 세상과 인생에 악평을 쏟아내는 사

람을 볼 때마다 다시없을 기회를 놓치겠구나, 안타깝기
만 하다. 인간은 본디 강하다. 그래서 견뎌내는 것이다.
그런 견뎌냄을 통해 우리는 자신을 증명하며 살아간다.

자기다울 때 존엄하게 빛난다

어린 시절에는 지능에 문제가 있는 줄로만 알았는데, 훗날 빼어난 수재가 되어 일반 아이들과 달리 조금 독특했었다고 이야기하는 경우가 있다. 반대로 학창 시절 성적도 우수하고 체격도 좋아 늘 호평 일색이었는데 오히려 정신이 나약해져 사소한 실패와 비난에 크게 좌절해 버리는 사람도 있다.

내가 화초를 가꾸고 채소를 경작하는 이유는 식물의 생장 과정에서 뜻밖의 지혜가 전해지기 때문이다. 흔히들 식물은 기르는 사람이 애정을 품고 발자국 소리를 꾸준히 들려줘야 잘 자란다고 한다. 혹은 사람에게 하듯 음

악을 들려주거나 말을 걸어주는 보답으로 훌륭히 성장한다는 이야기도 있다. 내가 체험한 바에 의하면 바람에 날려 헛간 틈새로 떨어진 씨앗들이 성의껏 일군 밭에 정성스레 심은 것들보다 더 튼튼하게 뿌리를 내리는 일이 적지 않다. 주인이 보지 못하는 곳에서 비료는커녕 물 한 모금 제대로 마시지 못하고 자란 녀석들이 밭에 심어놓은 종자보다 씩씩하게 열매를 맺고 있는 것을 볼 때면 나는 삶이라는 구속에 대해 다시금 생각해보지 않을 수 없다.

생명이라는 속성에서 사람과 식물은 다르지 않다. 교육하는 자의 예상대로 아이가 성장하는 예는 매우 드물다. 뜻하지 않은 불행이 찾아오고, 이를 견뎌내는 와중에 깊고 넓은 인간성이 완성되기도 한다. 그것이 인간의 놀라운 점이다. 역경을 통해서도 얼마든지 빛나는 존재로 거듭날 수 있는 인간 내면의 무한한 긍정에 나는 감탄하고 만다.

사람은 자기다울 때 존엄하게 빛난다. 자기가 아닌 다른 누군가, 혹은 다른 무엇인가를 흉내내고 비슷해지려고 시도하는 순간 타고난 광채를 상실한다.

"여동생이 정신병원에 입원했어요." "형님이 교도소

에 수감 중입니다."라고 아무렇지 않게 알려주는 사람들이 있다. 그들은 도망칠 생각이 없는 것이다. 그저 현실을 받아들이고 병자나 노인처럼 사회에 적응하지 못하는 사람들의 존재를 인정하며 나는 그렇게 되지 말아야지, 혹 내 주위에 그런 사람이 있더라도 상처 주지 말아야지, 그렇게 생각하며 살아가는 것이다.

매력적인 사람의 특징은 그에게 주어진 인생의 무게를 받아들이고 수용했다는 너그러움이다. 그들은 현실로부터 도망치지도, 몸을 숨기지도 않는다. 모든 사람은 각자 자기만의 무거운 짐을 짊어지고 살아간다. 그 무거운 짐의 차이가 개성으로서 빛나고 있기 때문이다. 그 개성에 의해 키워진 성격과 재능이 아니라면 참된 힘을 발휘할 수 없는 게 진실이다.

인생은 어디서 어떤 일이 벌어질지 아무도 모른다

사십대 끝 무렵에 눈병에 걸렸다. 빛이라는 걸 거의 느끼지 못했다. 세상은 초콜릿 색깔의 어둠이었다. 정말이지 미쳐버릴 것만 같았다. 중심성망막염이라는 백내장의 일종이었는데, 눈이 심하게 스트레스를 받은 탓이라는 설명을 들었다.

꽤 심각한 수준의 선천성 근시 때문에 동공 표면이 거칠어질 대로 거칠어져 있어 수술을 한다고 해서 시력이 보장되는 것은 아니라고 했다. 병원에서 검사를 받는 동안에도 시력이 마구 악화되었다. 급기야는 읽고 쓰는 것이 불가능한 지경에 이르렀다. 맡고 있던 연재도 모두 포기해야 했다. 하루 날을 잡아 출판사를 찾아다니며 죄송하다고 양해를 구했다.

혼자 있을 때면 수술이 실패한 후의 '처신'에 대해 고민했다. 마사지 받는 것을 좋아해 그쪽 분야에 관심이 있으니 맹인이 되면 마사지사가 되어야겠다고 생각했다. 한편으로는 소설을 계속 쓰고 싶다는 미련도 남아 있었다. 눈이 안 보여도 얼마든지 소설을 쓸 수 있다고 위로해주는 분들이 많았지만 나는 그 말을 납득할 용기가 없었다. 소설은 수차례 반복해서 읽고 퇴고하는 과정을 거쳐 완성된다. 특히나 장편일 경우 이런 과정은 필수다.

살아서는 내 눈으로 세상 빛을 볼 수가 없겠구나, 라는 생각이 들 때마다 숨쉬는 것조차 괴로워졌다. 가뜩이나 폐쇄공포증이 있는데 시력까지 잃게 되면 생활은 어둠에 파묻혀 빠져나오지 못하게 될 것이다. 그런 공포가 일상을 뒤덮어버렸다. 차라리 죽어버릴까, 생각했다가 나답지 않게 무슨 짓인가, 웃어넘기려 했지만 마음처럼 쉽지 않았다.

그런데 놀랍게도 수술은 대성공이었다. 기적이라 불려도 무방할 만큼 성과가 좋았다. 염려했던 유리체 적출도 없었고, 다행히 시신경이 모인 황반부에 별 이상이 없어 내 눈은 건강한 사람과 똑같은 시력을 회복했다. 지난 50년 동안 안경 없이는 거의 보이지 않았던 세상이 안경을 쓰지 않고도 또렷이 보였다.

결론부터 말하자면 인생은 어디서 어떤 일이 벌어질지 아무도 모른다. 그래서 우리는 끝까지 희망을 걸고 기다려야 한다. 죽음 직전에 다시 살아 돌아오게 될지도 모르는 것이다. 최후의 순간까지 내가 살아온 의미에 대한 해답은 정해지지 않는다.

불행 속에서 축복을 발견한다

기적을 증명할 수는 없다. 증명할 수 없기 때문에 기적인 것이다. 증명할 수 없는 기적을 애써 설명하려 들때 우리는 기적의 희망을 잃어버린다. '세상에 기적은 없다'고 믿는 이들에게 기적을 강요해서도 안 된다.

다만 나는 루르드에서 목격했던 광경을 이야기하고자 한다. 루르드에는 앞을 보지 못하는 사람들도 많이 찾아온다. 그들은 루르드의 샘물로 눈을 닦고 물을 마시고 목욕을 한다. 단지 이 정도로 기적이 일어나 안 보이던 눈이 보이게 됐다는 증언도 있기는 하지만 대부분의 사람들은 별다른 차도가 없었을 것이다.

루르드에서는 매일 밤 수천 명이 참가하는 촛불 행렬이 거행된다. 앞을 보지 못하는 이들도 이 행사에 참여한다. 건강한 자들과 병든 자가 함께 기도하며 성모 마리아에게 축복을 기원하는 노래를 부른다. 첫 구절은 각 나라의 말로 노래하는 것이지만 마지막 후렴구인 '아베 아베 아베 마리아'는 세계 어느 나라에서도 공통된 가사이므로 다 같이 노래를 부를 수 있다.

건강한 사람과 병든 사람이 서로의 존재를 수용할 수 있는 세상이 되기를 기도한다. 건강한 사람도 언제든 병에 걸릴 수 있고, 아픈 환자도 언젠가는 병마로부터 해방될지 모른다는 희망이 남아 있기 때문이다. 그런 세상에서는 어느 날 갑자기 시력을 잃거나, 걸음을 옮기지 못하는 상태가 되었을 때 불행을 원망하는 대신 용납과 수용과 나를 사랑해주는 사람들이 내 곁에 있음을 자신하며 어떻게든 이 난관을 뚫고 살아나가고자 마음먹게 될 것이다. 상식의 힘으로 불행을 이겨내는 것이다. 다수의 사람들이 불행에 굴복하지 않는 상식을 갖게 되리라고 믿는다.

나는 그것이야말로 우리가 기대할 수 있는 최선의 기적이라고 생각한다. 보이지 않는 눈이 갑작스레 보이게 되었다는 건 기적의 참된 의미가 아니다. 보이지 않는다는 불행 속에서 그 불행을 이겨내고도 남을 만큼의 축복을 발견해내는 것, 그것이 진짜 기적이라고 나는 생각한다.

인생은 좋았고, 때로 나빴을 뿐이다

이 나이가 되고 보니 지내온 인생에서 운이 좋았던 순간과 운이 없었던 날의 차이가 그리 크지 않음에 동감하게 되었다. 어차피 뜻대로 되지 않는 인생과 싸워온 세월들이다. 열심히 노력했다고 해서 부와 권력과 행복이 뒤따라오는 것도 아니고, 게으르고 머리가 나쁘다고 해서 밑바닥에 떨어지는 것도 아니다. 그 소소한 발견의 재미를 알아나가는 것도 지혜라고 해야겠다.

좋지도 나쁘지도 않은 인생이라고 말하지 않겠다. 인생은 좋았고, 때론 나빴을 뿐이다.

인간은 본래 이기적이고 나약하다

세상 사람 중에는 '나쁜 인간을 왜 변호해줘야 하는가'라는 의문을 제기하는 목소리가 있다. 현재의 재판 제도를 부정하는 분위기도 있다. 언론에서는 '그의 나쁜 행위'가 확인된 후에 심판해도 늦지 않으며, 그러기 위해서는 '무죄'의 가능성도 인정해야 한다고 설명한다. 이 문제에 관해 곰곰이 생각해보면 나 또한 '나쁜 인간이더라도' 일단은 변호해주고 싶다.

왜냐하면 우리는 기본적으로 나쁜 인간이 될 수밖에 없는 요소를 가지고 있기 때문이다. 그래서 사람은 누구든지 자기 자신을 변호하고 싶다는 본능을 숨기지 못하는 것이다.

내 이야기에 화가 나는 사람이 있을지도 몰라 나를 예로 들어 설명해보겠다. 나는 약간의 거짓말을 해서라도 당장의 위기 상황을 모면하려 든다. 길바닥에 떨어진 만엔짜리 지폐를 줍고도 경찰에 신고하지 않는다. 조그마한 식당에서 간 요리를 시켜 먹고 있는데, 다른 손님이 간 요리를 주문하자 식당 주인이 "죄송합니다. 방금 간이 다 떨어졌습니다."라고 말하는 목소리를 듣게 되었을 때 나는 왠지 모를 쾌감이 느껴진다.

비행기 사고가 났다. 안타깝게 목숨을 잃은 피해자 가족과 운 좋게 무사히 살아 돌아온 가족의 환희가 엇갈린다. 이 환희는 단순히 내 가족이 살아 돌아와서가 아니다. 죽은 자들의 불행을 절감했기에 살아남은 내 가족의 존재가 더 크게 다가오는 것이다. 사망자 가족의 슬픔을 곁에서 지켜볼수록 우리 가족에게 주어진 행운이 더 크게 느껴지는 것이다.

인간은 이토록 잔혹하고 이기적이다. 지금껏 살아온 나의 시간 또한 그러했음을 나는 뼈저리게 느낀다.

인간은 강하지 않다. 오히려 약하다. 어렸을 때부터 나는 그렇게 생각했다. 아마도 소설을 많이 읽어서 그런 것 같다. 문학은 인간의 위대함만 그리지 않는다. 대부분의 문학은 인간의 나약함에서 비롯되는 슬픔과 유혹을 그려낸다. 그리고 우리는 인간의 위대함보다는 나약함에서 인생의 진리를 배운다. 인생의 슬픔으로부터 인생의 진짜 얼굴이 드러나는 것이다. 그래서 나는 약한 본성에 굴복하고 아파하는 우리의 모습이야말로 세상에서 더없이 귀중한 진실이 아니겠느냐고 큰소리로 말해주고 싶다.

우리는 모두 비겁하다

도쿄 우리 집에는 서너 평 남짓한 텃밭이 있다. 그 밭에서 시금치, 쑥갓, 순무, 유채, 청경채, 써니레터스(레터스의 일종)가 자란다. 추수는 가을부터 다음해 여름 직전까지 가능하다. 겨울에도 내 밭에서는 채소들이 자란다. 겨울에는 벌레도 없고, 추위에 단단해져 채소들이 더 맛나다. 죽지 않고 살아남아서 약간이라도 녹색을 띄기라도 하면 감사해하며 무조건 먹는다.

나의 자랑스런 채소들을 가리키며 친구가 했던 말을 잊지 못한다.

"소노 씨는 종자 박스에서 손에 잡히는 대로 집어다

가 밭에 뿌린다면서요? 참 대단해요."

나는 그 사람이 나를 칭찬하는 줄로 착각하고 짐짓 겸손을 가장하며 되물었다.

"그게 뭐 그리 대단해요?"

"그렇게 뒤섞여 뿌려도 쑥갓은 쑥갓으로 자라나고, 청경채는 청경채로 자라나고, 유채는 유채로 자라나잖아요. 우리네 같은 보잘것없는 인간은 사상적으로 타협해서 유채를 심었는데 쑥갓으로 커버린 건 아닌지 모르겠어요."

이 관찰은 매우 훌륭했다. 식물은 이것저것 뒤죽박죽 심어놓아도 자기 자신을 잃는 법이 없다. 그걸 보면서 나는 식물보다 인간이 훨씬 비겁하다는 것을 알게 되었다.

괴로워하지 않는 요령

나이가 들수록 운이라는 것이 어쩌면 신의 뜻이 아니었을까, 생각하는 날들이 많아진다.

실패한 가장 큰 이유는 운이 없어서다, 라는 생각이 들더라도 시간이 지난 후에는 실패에서 의미와 교훈을 찾게 되어 실패에 감사하는 마음을 갖게 되는 경우도 적지 않다.

실패를 예상한다는 건 실패에서 얻어지게 될지도 모를 이런 지혜를 의식하는 것이다. 그 의식이 인생에 좋은 영향을 미친다. 누가 강요하지 않아도 내가 가진 모든 노력을 기울여보고 싶어진다. 그리고 나의 힘이 미치지 않는 또 다른 측면, 다시 말해 운이라고 불리는 신의 의지에 귀를 기울여보고 싶어지는 것이다. 나 자신에게 부끄럽지 않을 만큼 최선을 다한 후에 나머지를 결정해줄 운을 기대한다. 그것이 곧 실패로 인한 괴로움을 사전에 예방하는 지혜이며, 이런 지혜야말로 우리에게 필요한 낙관주의라고 생각한다.

내 인생의 절반을 신에게 책임을 묻는 것이다. 이루어지지 않았을 때는 그 또한 신의 뜻이다. 내게 문제가 있어 잘못된 게 아니다. 다만 신이 계획하는 다른 뜻, 나를 기다리고 있는 다른 운명이 남아 있다고 기대해보는 것이야말로 실패에서 얻을 수 있는 최고의 즐거움이다.

요즘 세상에는 신이 없다고 말하는 사람이 많다. 신없이 살아갈 자신이 있다면 그것도 괜찮다는 생각이 든다. 그러나 내겐 신이라는 개념이 반드시 필요하다. 인간이라는 분수에서 일탈하고 싶지 않아서다.

신앙은 이기적일 수밖에 없는 인간의 일방적인 가치 판단을 억제시키는 역할을 한다. 신도 좋고, 세상도 좋다고 말하는 사람이 있다. 반면에 세상은 좋아도 신은 '존재하지 않는 편이 낫다'라고 생각하는 사람도 있다. 사회가 옳지 못하기에 신을 찾는 사람도 있다. 세상의 이런 모습은 악이라고 규탄했지만 의외로 신은 '상관없다'라고 응답해주는 경우도 있다. 세상과 신은 언뜻 봐서는 공존이 불가능한 적대관계처럼 보이지만, 한 가지 공통점이 있다. 오해받기를 두려워하지 않는다는 점이다. 신이 존재한다는 믿음을 통해 인간은 사물을 좀 더 깊이 바라볼 수 있게 된다.

우리는 타인의 오해로부터 자유롭지 못하다. 물론 우리가 오해받을 만한 행동을 보여줄 때도 많다. 무책임한 짓을 저지르고는 사람들이 자신을 오해하고 있다며 억울해할 때도 있다. 내가 나 자신에게 내리는 평가와 사람들이 나에 대해 생각하는 평가는 언제나 다르다. 그래서 신이 필요하다. 인간이 나를 오해해도 신은 나의 진짜 모습을 알고 있다는 위로가 더해지기 때문이다. 신은 내가 무엇을 했는지 진실을 알고 있다. 세상에서 그 진실을 알고 있는 이는 나와 내가 믿고 있는 신뿐이다. 그러므로 가장 두려운 것은 나를 억압하는 세상이 아닌 내 안의 진실을 알고 있는 그분뿐이다.

좋은 점과 나쁜 점이 반반이다

인간은 잔인할 정도로 서로 닮아 있다. 저분은 100퍼센트 좋은 사람이라고 철석 같이 믿고 있다거나, 저 사람은 귀신도 피해가는 악한이니 조심해야 된다는 판단이 옳았던 적은 없다. 판단에는 확대 생산된 부정확한 선입관이 개입되어 있기 때문이다.

우리네 삶은 반거들충이로서의 나날에 머무르고 있다. 우리는 어디에서도 끝맺음을 기약하지 못한다. 나만 그런 게 아니라 우리 모두가 그렇다. 흐리터분하고 애매모호하다. 그것을 알고 이해하고 견뎌내야 한다. 좋은 사람이라고 믿었는데 겪어보니 비겁한 얼굴도 있었다. 나쁜 사람이니 피할 궁리만 하고 있었는데 의외로 따뜻하고 온순한 표정을 감추고 있는 경우도 흔한 것이다.

생각해보면 세계는 좋은 점과 나쁜 점이 반반이다. 나는 작가로서 그것을 전하기 위해 글을 썼으며, 한 사람의 인간으로서는 그 불투명한 진실을 소중히 여기기로 했다. 사람들 모습 속에 절반의 악과 절반의 교활함이 감춰져 있음을 나는 비난하지 않겠다. 왜냐하면 반쯤 교활한 인간에겐 어김없이 그만큼의 교활하지 않은 인정이 남아 있기 때문이다. 저 사람은 옳지 않아, 라는 나의 판단 뒤에는 저 사람에겐 배우고 감탄하기에 충분한 빛나는 무엇인가가 가려져 있다는 이야기다. 내겐 좋은 점밖에 없다고 말하는 사람이 세상에 있는지는 모르겠지만, 있다면 그 말이 거짓말이라는 것은 분명히 알겠다.

열심히 해도 안 되는 게 있다

사람은 노력에 의해 타고난 가능성이 확대되는 수도 있다. 하지만 여기에는 분명한 한계가 있다. 그러므로 무조건 '하면 된다'고 말하는 속내에는 건방진 자부심이 깃들어 있다.

인간에게 어찌할 수 없는 한계가 내포되어 있음을 나는 비참하게 받아들이지 않는다. 한 개인이 어떤 식으로 생애를 살아가게 될는지는 그의 간절한 소망과 더불어 신이 부여한 사명에 달려 있다. 그 접점에서 살아가는 것이 우리가 기대할 수 있는 가장 큰 소망이다. 우리의 삶에서 신의 영역을 남겨두는 것은 나태가 아니다. 생활에 무리하지 않겠다는 고민의 성과다.

쉽지 않겠지만 편히 마음먹고 무리하지 않는 선에서 인생을 가늠해보자. 되도록 나 자신을 가볍게 여기려고 연습하는 것이다. 익숙해진다면 쓸데없이 올라가는 혈압도 많이 낮아지리라. 무엇보다도 화를 내는 횟수와 미워하는 사람의 수가 줄어든다. 이로써 우리는 보다 멀리 인생을 바라보게 된다. 이것은 매우 큰 즐거움이다. 슬픔마저도 즐거워지는 것이다. 우리가 필연처럼 안고 있는 한계를 인정했을 때 기대를 밑도는 서로의 모습을 이해하게 된다. 그리고 이해는 감사하는 마음으로 확대된다. 감사가 늘어난 인생은 빛이다. 그 빛이 늘어나기를 기대한다.

인간에겐 한계가 있음을 신앙은 가르치고 있다. 세상은 학력과 직장명이 새겨진 명함을 주목하지만 겉으로 드러난 간판이 우리를 행복하게 만들어주지 못한다. 좋은 대학을 졸업해 모두가 부러워하는 직장에 다니는 사람에게 물어보면 그에겐 그만의 사정과 한계가 있다는 것을 금방 알게 된다.

인간에겐 인간으로서의 입장, 그리고 인간으로서 감

수해야만 하는 한계가 있다. 인간은 신이 아니다. 신과 동등한 역할을 각자의 삶에서 취할 수 있다고 믿는 어리석음이 우리의 취약점이 된다. 각자에게 주어진 한계를 인정했을 때 오히려 마음이 안정된다. 현대사회에서 대유행 중인 스트레스를 극복할 수 있는 방법이기도 하다.

3부

타인의 오해

타인은 나를 모른다

사람들은 남에 대해 다 아는 것처럼 소문을 만들어낸다. 하지만 실상은 아무런 사정도 알지 못한다는 게 진실이다.

실제로 우리는 아주 가까운 주변 사람에 대해서도 아는 것이 거의 없다. 부모님에 대해서도, 자녀에 대해서도 완벽하게 알고 있는 것은 아니다. 남편은 아내를 모르고 아내는 남편을 모른다. 하물며 한 지붕 아래 살지도 않는 타인의 실상을 무슨 수로 알아낸단 말인가. 그런데도 인간은 예사로 타인에 관해 이러쿵저러쿵 떠들어댄다. 신문과 주간지를 채우는 대부분의 기사는 기자가 잘 알지도 못하는 타인에 관한 이야기다.

생각할수록 인간이라는 존재가 재미있다. 우리는 이 지구상에서 같은 지점을 동시에 점유하지 못하며, 동일한 공간을 두 사람 이상이 소유하지 못한다. 전쟁과 내전에서 행해지는 폭격을 피하고자 어머니는 어린 자녀를 품에 안고 엎드린다. 자기 몸으로 위험을 막아주기 위해서다. 하지만 이런 시도를 비웃기라도 하듯 어머니는 무사하고 어린 자녀만 희생되는 예가 얼마든지 있다.

두 사람이 동일한 평면과 공간을 차지할 수 있다면 어머니와 어린 자녀는 사느냐, 죽느냐라는 운명을 함께 나눴을 것이다. 그러나 두 사람이 같은 지점에 서 있을 수 없으므로 단 한 발자국 차이로 생사가 뒤바뀐다. 한 걸음 앞에 서 있던 어머니는 살고, 한 걸음 뒤에 따라오던 어린 자녀는 목숨을 잃는다.

우리는 가까이에 어울려 살아가더라도 바라보는 인생의 풍경은 조금씩 차이가 있다. 그래서 다른 사람이 바라보고 느끼는 감정을 제대로 이해하지 못하는 것이 당연하다.

함부로 타인의 감정과 생각을 넘겨짚지 말자고 오래전부터 스스로를 타일러왔다. 그 다짐은 이 나이가 되어서도 변함없다. 상대방을 위해 나의 희생을 감수하며 수고한 일이더라도 그가 고마움을 모른다고 해서 서운해한다거나 화를 내서는 안 된다. 그럴 수도 있음을 인식하며 미리 각오해둬야 한다.

인간관계의 보편적인 형태는 서로 간에 뜻이 맞지 않고 오해가 생기는 것이다. 오해를 이해하지 못하는 데서 관계가 틀어진다.

그 사람의 불행을 바란다

소문의 밑바닥에는 그 사람의 불행을 바라는 요소가 포함되어 있다. 그의 불행한 가정사나, 그가 숨기고 싶어하는 내면의 어둠을 소문으로 끄집어내 그를 구렁텅이에 빠뜨리고 싶다는 사악한 욕망의 표출이다.

이 욕망의 뿌리는 그 사람을 멸시하고 나보다 열등한 존재로 비하함으로써 나의 지위가 우월해지는 것 같은 착각, 다시 말해 자신감을 되찾아 행복해지고 싶다는 조작된 심리에 지나지 않다.

정보를 의심하는 것은 기본이다. 나만 해도 나와 관련된 말도 안 되는 소문들이 세상에서 진실처럼 전해진 경우가 많다. 나에 관한 정보가 이만큼 엉터리인 것을 보면 타인에 관한 정보들 중 상당수도 진실일 리 없다. 그래서 가십이나 소문에 귀를 닫아버렸다. 그가 왜 그런 인생을 살게 되었는지, 어쩌다가 그런 죽음을 맞이하게 되었는지 우리는 알지 못한다. 그럼에도 나를 바라보는 타인의 눈빛, 누가 만들어냈는지도 모를 소문 때문에 피해를 보는 사람들이 많다는 것은 너무나 슬픈 일이다.

오해받지 않은 인류는 없다

슬프게도 이 세상에서 우리는 제대로 이해받지 못할 것이다. 따라서 나에 대한 오해와 억측이 당연하다고 미리 마음먹는 것이 중요하다. 쉽지 않은 마음가짐이며, 때론 싸움도 불사해야 한다. 어느 정도 나이가 되면 산다는 것은 따뜻하게 이해받음과 더불어 함부로 무시되고 오해받는 고통이 번갈아 나타나는 현상임을 자연스레 알게 된다. 만약 이런 고통이 없다면 우리는 지금의 내 모습보다 훨씬 유치한 사람이 되었을 것이다. 더 빨리 늙게 되었으리라고 생각한다.

사람들에게 이해받지 못한다는 슬픔이 찾아왔을 때

나만 이런 일을 당하고 있어 억울하다고 생각하기 쉬운데, 온 세상을 막론하고 지금 내가 참고 있는 이 슬픔을 맛보지 않은 인류는 없다는 것을 꼭 기억해내기 바란다.

칭찬받든 야단맞든 본질은 그대로다

긴장이란 일반적으로 누군가에게 잘 보이고 싶은 마음에서 생겨난다. 그들에게 좋은 인상을 남겨 칭찬받고 싶은 것이다. 그런데 칭찬받는다고 해서 내가 달라지는 건 아니다. 칭찬받았다고 해서 나의 실체에 변화가 생기는 것이 아니듯 비방당했다고 해서 나의 본질이 훼손되는 일은 절대로 없다.

세상에는 '악인'으로 불리는 사람들이 있다. 그런데 실상을 놓고 저울질해보면 그가 어느 정도로 '악인'인지, 혹은 '선인'인지가 세상의 품평과는 전혀 관계없음을 알게 된다. 그를 평가하는 사람의 입장에 따라 악과

선의 기준이 뒤바뀔 뿐이다.

　칭찬을 기대하지 않는 사람은 타고난 목소리로 말하는 것이 허락된다. 날뛰지 않아도 대지는 사라지지 않는다. 힘껏 밟고 서 있기만 해도 편안하다. 처세를 논하는데 자연스러움이 서투름으로 왜곡되기도 한다. 자연스러움은 정신에 불어오는 맑은 바람이다. 그 바람이 우리를 건강하게 만들어주는 것 또한 사실이다.

타인의 말 한마디에 불행해져서는 안 돼

우리는 외부 의견에 따르게 될 때가 많다. 대답이란
사고방식에서 나온다. 나와 세상의 대답이 다른 이유는
사고방식이 다르기 때문이지 정답이 틀려서가 아니다.
그러므로 외부 의견에 일일이 상처받을 필요가 없다.

오해받더라도 상쾌하게

지금 이 순간에도 신은 내가 알지 못하는 곳에서 나를 바라보고 있다. 내가 사람들로 인해 그다지 깊은 슬픔을 맛보지 않은 까닭은 보이지 않는 곳에서 나를 바라보고 있는 신의 존재를 의식했기 때문인지도 모른다. 그분만이 나를 알고 계시며, 다른 사람은 몰라도 그분은 나를 똑바로 바라보고 있다는 믿음.

어딘가에서 신이 나를 보고 있다면 나의 행위는 과대평가되지도, 과소평가 받을 일도 없다. 내가 달콤한 말로 세상을 속여도 신은 "이 거짓말쟁이가."라고 진실을 분간해낼 것이다.

사람들이 나를 오해하더라도 내가 당당하고 떳떳하다면 변명할 필요가 없다. 신이 거짓 없는 나를 알고 있기 때문이다. 이것이야말로 상쾌함의 본질이다.

인간은 타인의 전부를 알 수 없다.

인간을 제대로 이해할 수 있는 자격은 개인의 숨겨진 부분까지 관찰할 수 있는 신에게만 부여된다.

의심함으로써 얻어지는 행복

믿음은 필연적으로 의심이라는 조작을 거쳐야 한다. 의심도 해보지 않고 믿었다는 건 엄밀히 말해 행위로서의 성립 조건을 만족시키지 못한 일탈이며, 그런 점에서 비난받아 마땅하다.

나의 경험을 돌이켜보자면 처음에 의심했던 사람일수록 나중에 신뢰가 돈독해진 예가 많다. 다만 훗날 수치를 경험하게 된다. 그러나 의심하지 않고 믿었다가 나중에 실망하고 상대를 원망하거나 힐책하느니 의심한 것을 혼자 부끄러워하는 편이 낫다. 더구나 의심했던 상대가 정말 훌륭한 인격자였음을 알게 되었을 때 맛보게 되는

행복과 안도는 처음부터 기대하고 믿음을 허락했을 때보
다 몇 배는 더 큰 기쁨이 된다.

타인을 평가할 수 없다

친구는 자녀가 아니다. 부모도 아니다. 남편도 아니다. 형제자매도 아니다. 연인도 아니다. 이것이 무엇을 말하는가. 친구로부터 의견과 감상을 요구받기 전까지 그들의 삶에 참견해서는 안 된다는 말이다. 친구라는 입장에서 그의 성공과 건강을 남몰래 기도하는 것으로 족하다.

하지만 그 경계를 넘어서는 사람들이 꽤 많다. "저 사람은 평판이 안 좋아요. 어울리지 않는 게 좋겠어요. 괜히 당신까지 그런 사람으로 보이면 어떡해요."라고 주제넘게 남의 인간관계를 결정지으려는 사람도 있는 것이다.

도대체 왜 내가 남편도, 아버지도 아니고, 자식도 오빠도, 애인도 아닌 사람의 평판까지 조심해야 되는 것일까. 평판이 나쁜 그의 지인이며 친구이기 때문에 멀쩡한 나까지 그와 비슷한 사람일 것이라는 편견을 피하기 위해서라고 사람들은 생각한다. 이왕지사 사귀려면 평판이 무난한 자를 택하라는 얘기일 것이다. 하지만 나는 오늘날까지 세상의 오해와 잡음에 시달리는 사람들 곁에서 그들과 우정을 맺어왔다. 인생은 매순간 대가를 요구한다. 세상에 보기 드문 개성 강하고 똑똑한 친구들 곁에 머물 수 있다면 얼마든지 대가를 지불할 각오가 되어 있다.

세상이 나를 어떻게 바라보든 솔직히 관심 없다. 어차피 인간은 타인을 제대로 평가하지 못하니까. 그런 부조리한 평가에 시달리지 않겠다고 작정하는 마음이야말로 성숙한 인격의 증명이다. 자기 속에 인간으로서 살아가고자 하는 삶의 방식이 명확하게 확립되었다는 뜻이기도 하다. 부자는 무조건 넓은 집에 살아야 된다거나, 직함이 높아야만 성공했다고 믿어서는 안 된다. 그런 식으로 사람들을 이해하는 사람은 그와 똑같은 방식으로 자신의 삶을 평가받게 된다. 여기에는 이해도, 소통도 없다.

타인에게 상처주지 않고 살아갈 수 없다

우리는 평소에 아무렇지도 않게 이런 말을 한다.

"역에서 내리자마자 골목이 보일 거예요. 그 골목 막다른 곳에 집이 있어요. 그 집을 끼고 오른쪽으로 돌아서 두 번째로 보이는 하얗고 큰 집이 우리 집이에요."

언뜻 보기에 이 설명에는 특별한 문제가 없다. 하지만 집을 갖고 싶어도 갖지 못하는 사람들, 과거에 크고 하얀 집에 살았지만 사업이 안 풀려 가진 것을 모두 정리해야 되는 운명에 놓인 남자, 비좁은 아파트에서 시어머니와 얼굴을 맞대며 아슬아슬하게 지내는 여자에겐 견디기 힘든 한마디가 된다.

"그 집은 일이 참 잘 풀려요. 남편은 부장으로 승진했고, 둘째는 이번에 A학교에 합격했대요."

남의 불행에 기뻐하기보다 서로 축복하는 것은 참으로 기분 좋은 일이다. 하지만 남편이 부장으로 승진하지 못하고, 아이가 A학교에 불합격한 옆집 여자는 이런 소식을 전해주는 선의의 이웃에게 비참함을 느끼게 되는지도 모른다.

아무에게도 상처주지 않고 살아갈 수는 없다. '귀머거리'라는 말을 하지 않았다고 해서 청각장애자를 차별하지 않았다고는 말할 수 없다. 적의나 차별 없는 말과 행동이더라도 상대방에 따라서는 얼마든지 치욕스런 상처가 된다는 것을 이해해야 한다. 그리고 나와 내 가족만이라도 다른 사람의 의도치 않은 말과 행동에 상처받지 않도록 강해지는 방안을 생각해내야 한다.

타인의 역할

우리의 일생에서 타인의 역할은 과연 어디까지인가. 나는 절대적이라고 생각한다. 혼자 힘으로 우리는 여기까지 당도할 수 없었다. 거부당하고 미움받고 괴롭힘을 당하고, 때로는 사랑받고 구원받으며 칭찬받았기 때문에 현재의 내가 있다. 그들 속에서 지금의 내가 만들어졌다.

휘둘리는 것이 인생이다

파괴적인 사상과 실천은 세상이 없어지기 전까지 사라지지 않을 것이다. 그래서 인간은 자신의 기호와 상관없는 누군가의 사상과 행동에 휘말려 원래의 '나'를 잃곤 한다. 그것이 인생이다. 뜻하지 않게 좋은 일이 찾아왔듯이 바라지 않았던 나쁜 일에 휘말리는 횟수가 쌓여 삶을 이룬다. 인생에 좋은 일만 가득하다면 아마도 인간의 성격은 지금처럼 복잡하고 현명하게 완성되지 못했을게 분명하다.

타인을 괴롭히는 사람의 특징

다른 사람들과 원만하게 지내지 못하는 성격에는 한 가지 특징이 있다. 겉으로는 강해 보여도 속으로는 한없이 나약하다는 점이다. '나는 나' 라는 자세를 취하지 못하는 성격적 결함을 안고 있다.

용모가 뒤떨어지는 것도 아니다. 아이가 아픈 것도 아니며, 남편이 실업자도 아니다. 그런데도 스스로 약하다고 생각한다. 본인에게 '특징' 이란 게 없어서다.

종류와 가치에 상관없이 숙련된 솜씨를 하나라도 가지고 있으면 사람은 대범해진다. 여자를 예로 들면 영양사 같은 자격증이 있는 사람은 바느질 잘하는 사람에게

"어머, 잘하네. 자기가 직접 잠옷을 꿰맬 수 있다니. 난 재봉 같은 건 전혀 못해."라고 부드럽게 추켜세워줄 수가 있다. 칭찬받은 상대는 기분이 좋아져 곧바로 좋은 관계가 맺어진다.

삶의 방식에 좋고 나쁨이 없다

사람이 살아가는 방식에 좋고 나쁨이 있을 수 없다. 입장을 바꿔놓고 생각하면 우리는 서로가 서로에게 짜증을 유발하는 장애물 같은 존재이다. 이것은 생활의 숙명이다. 만에 하나 이 불편을 도덕적인 잣대로 판가름하려 한다면 관계는 산산조각나고 말 것이다.

다른 사람의 살아가는 방식을 인정하고 받아들이기 위해서는 우선 나 자신이 나만의 방식 아래 살아가고 있다는 확신이 있어야 한다.

이는 나의 삶이 누구보다 올바르다는 신념과는 다르다. 자기 자신에게 절대적인 자신감을 가져야 된다는 말

도 아니다. 현재와 같은 모습이 최선이라는 최소한의 당
당함이다. 내가 가난하다고 해서 부유한 사람을 미워할
이유가 없고, 내가 부유하다고 해서 가난한 사람들을 불
편하게 여겨서도 안 된다. 살아가는 모습은 제각각이다.
삶에는 기준도, 법칙도 없다.

차별하는 관념

마음만 먹으면 세상 모든 이들로부터 무엇인가를 배우는 게 가능하다. 제대로 학교도 못 나오고 가진 것 하나 없는 사람으로부터 어느 유명한 철학자에게서도 들어보지 못한 삶의 절절한 회한을 느낄 수 있다. 보석이 어디 떨어져 있는지는 아무도 모른다. 그러니 항상 배우기 위해 마음의 문을 열고 사람들 목소리에 귀기울이는 수밖에 없다.

나보다 더 가진 사람이라서, 나보다 더 높은 위치에 있는 사람이라서 그들 앞에 서면 다리가 후들거리고 얼굴이 딱딱하게 굳어지는 것이 아니다. 내가 처한 현실에 자신이 없어서다. 자신의 약함을 드러내지 않고 자연스럽게 존재하기 위해서는 이 세상 모든 것들 위에 군림하는 신의 존재를 의식해야 한다. 오직 신 앞에서 만인은 평등해지기 때문이다. 이런 믿음 없이는 이유도 모른 채 '높은 사람'을 우러러 받들거나 그에게 아첨하며 스스로를 폄하시킨다.

더 큰 문제도 발생한다. 사람의 위치를 차별하는 관념에 순응해버리면 '높다'는 개념에 반대되는 '낮다'의 관념에도 굴복하게 된다. 나보다 높은 사람 앞에서 고개를 숙였듯이 나보다 낮다고 여겨지는 사람들이 내 앞에서 고개를 숙여야 된다고 믿어버리는 것이다. 직업과 옷차림, 학력으로 상대방을 우습게 여기며 자기도 모르게 거만한 태도를 취하게 되는 것이다.

인맥

실력을 인정받는 사람일수록 유명인과 친하다는 이야기를 거의 하지 않는다. 서로에 대한 마음을 침묵으로 지켜냈을 때 친밀한 관계에 신뢰가 더해진다는 것을 알고 있기 때문이다. 인맥을 돈벌이 수단으로 삼거나, 권력 확장의 도구로 사용하려는 의도를 감추고 있는 사람들일수록 자기보다 내가 아는 누군가를 더 내세운다. 이런 사람들에게 제대로 된 인맥이 형성될 리 없다. 인맥이라는 것은 인맥을 이용하지 않았을 때 만들어지는 특성이 있다.

지갑 속 명함이나 함께 찍은 사진을 일부러 꺼내 보

여주는 행위는 그 자체로 '사로잡힌 자' 다. 영혼의 자유
인이 아니다. 그런 이에게 진정한 관계가 허락될 턱이
없다.

약간의 거리를 둔다

우리 어머니는 후쿠이 현 시골에서 몰락한 집안의 딸로 태어나 자랐다. 한마디로 평범한 시골 사람이다. 그런 분이었지만 학문의 세계에서는 결코 배울 수 없는 몇 가지 감각적인 조언을 내게 남겨주셨다.

먼저 집에 관한 것이다. 어머니는 방마다 문은 두 군데가 있어야 한다고 강조하셨다. 통풍 때문이다. 나는 어머니의 가르침을 철칙처럼 지키며 내가 살 집을 설계했다. 어머니는 가능하다면 십자 모양으로 집을 지어 어느 쪽에서든 바람이 잘 통하는 것이 중요하다고 말씀하셨다. 그래서 지금 살고 있는 우리 집은 바람이 잘 통한다.

특히 주방은 바람이 전후좌우로 들어오고 나간다.

어머니는 집 주변 환경도 공기가 잘 통하는 곳이 좋다고 하셨다. 옛날 시골집들은 주변에 팔손이나무나 단풍, 자양화 등에 둘러싸여 있었다. 어머니는 매일같이 집 주변을 둘러싼 나뭇잎과 가지를 손질했다. 통풍이 나쁘면 집이 썩고, 그 집에 사는 사람도 병에 걸린다고 믿으셨다.

그 믿음은 인간관계에서도 마찬가지였다. 깊이 뒤얽힐수록 서로 성가시러워진다. 살다보면 나를 끔찍이 싫어하는 사람이 한둘은 나오게 마련이다. 이를 피할 도리는 없다. 그리고 대부분의 경우 지나치게 관계가 깊어져 서로에게 어느덧 끔찍할 정도로 무거워진 덕분에 문제가 생긴다. 어머니 말씀처럼 사람이나 집이나 약간의 거리를 둬 통풍이 가능해지는 것이 중요하다. 그것이 최소한의 예의인 듯싶다.

서로의 신상에 대한 지나친 관심은 금물이다. 신상을 털어놓는 그 순간부터 특별한 관계가 되었다는 착각이 피어나기 때문이다.

떨어져 있을 때 상처받지 않는다

거리라는 것이 얼마나 위대한 의미를 갖는지 사람들은 잘 모른다. 떨어져 있을 때 우리는 상처받지 않는다. 이것은 엄청난 마법이며 동시에 훌륭한 해결책이다. 다른 사람도 그런지는 모르겠는데 내 경우엔 조금 거리를 두고 떨어져 있으면 세월과 더불어 그에게 품었던 나쁜 생각들, 감정들이 소멸되고 오히려 내가 그를 그리워하는 건 아닌가, 궁금함이 밀려온다.

자녀는 타인 중에 특별히 친한 타인이다

　자녀는 철저하게 타인이다. 타인 중에 특별히 친한 타인이다. 특별히 친하다는 예를 찾아본다면 교도소를 출소한 그날, 아무것도 묻지 않고 집으로 데려와 목욕을 시키고 좋아하는 음식을 만들어주는 사이다. 자녀가 아닌 다른 누구를 위해 이처럼 정성들여 대접하는 타인이 또 있을까.

칭찬받는 삶은 지친다

어떻게 살아야 하는가, 라는 문제는 매우 까다로운 질문이다. 내가 실감한 바로는 칭찬받는 삶이 그다지 행복하지는 않다는 것이다. 사람들의 칭찬이 있은 뒤로 계속해서 그에 버금가는 요구가 뒤따른다. 주위 사람들을 세심하게 챙겨준다는 칭찬은 한 번으로 마무리되지 않는다. 사람들은 지속적으로 세심하게 챙겨달라고 요구한다. 끊임없이 헌신적인 태도를 요구하는 것이다. 붙임성이 있다고 칭찬받는 사람은 툭하면 여기저기 불려나가 사람들을 상대해줘야 한다. 혼자 집에서 책 읽을 틈도 없다. 파티에 강제로 초대되어 흥을 돋우고 사람들 비위를

맞춰주는 역할을 부여받는다.

특히 전통적인 분위기가 강한 지방의 폐쇄 사회에서는 평판이 인생을 좌우하는 경우도 있어 마음에 들지 않는다고 그런 칭찬을 벗어던지지도 못한다.

그래서 오히려 처음부터 부정적인 평가를 받아온 사람들, 예를 들어 저 사람은 아무짝에도 도움이 되지 않는다, 배려심이 없다, 건방지다, 성격이 거칠다, 불친절하다, 라는 소문의 주인공은 사람들 기대에 부응하고자 허세를 부릴 필요가 없다. 이 점이 재미나다.

특히나 악평의 주인공은 약간의 친절과 베풂에도 기대 이상의 호응을 얻는다는 점에서 매우 유리한 고지를 차지하고 있다.

평소 세심하고 배려가 있다는 평가를 받아온 사람이 주위 사람들을 도와 일처리를 잘 마쳤을 때, 그는 원래 그런 사람이므로 당연하게 받아들이지만, 평소 신경이 무디고 자기밖에 모른다고 소문난 사람이 협력해서 좋은 결과를 이끌어내면 상당한 환영을 받게 된다. "저 친구도 가끔은 신통한 짓을 하는군." 하며 언제 그를 비난했냐는 듯 칭찬 일색으로 돌변하는 것이다.

결점을 보여주면 편안해진다

　결점을 보여주면 보여줄수록 이상하게도 친구들이 늘어난다. 사람들은 나의 장점에만 호감을 드러내는 것이 아니다. 결점에도 큰 관심을 보인다. 예를 들어 내가 지독히 말주변이 없더라도 나의 약점을 드러냄으로써 상대방에겐 저절로 위안이 된다. 인간의 우월감을 자극하는 비겁한 방법이 아니냐고 반문할 수도 있다. 그러나 넓게 봤을 때 이 또한 사랑의 표현 방식 중 하나다. 인간관계에서 비롯되는 가장 큰 체력소모는 결점을 감추는 데 소비된다. 타인에게 나의 결점을 감추느라 거짓말을 하게 되고, 나중에 이것이 탄로나 서로 곤혹스러워진다. 차

라리 과감하게 드러냄으로써 불필요한 에너지 낭비를 사
전에 절약할 수 있다면 각자의 장점을 통해 더 큰 매력을
드러낼 수 있는 기운이 생기는 것이다.

'훌륭한 부부' 는 위험하다

"당신 정도로 묵직하게 살이 찌면 안정감이 있어 좋을 것 같아. 어이! 아들! 태풍이 불 때는 꼭 엄마 뒤에 붙어가도록 해."

부부 사이에 어찌 보면 모욕감을 줄 수도 있는 이런 말이 오간다는 건 그 가정에 꾸밈이 없어서다. 겉으로 보기에 완벽한 금슬을 뽐내는 부부일수록 감춰진 곳에 위기가 도사리고 있다. 우스꽝스러운 부부는 안정돼 있어 좋다. 우스꽝스럽다는 것은 약점이 드러나는 것을 말하며 그런 약점을 사랑하게 되면 부부관계는 바람에 흔들리지 않는다. 멋진 여자, 꿈도 못 꿔본 미남이 나타나 유혹해도 부부는 쉽게 마음이 요동치지 않는다.

　그렇기 때문에 서로의 장점만 보고 결혼한 부부는 그 아름다움이 유지될 때까지는 완벽한 부부처럼 보이겠지만 나이가 들거나, 병에 걸리거나, 장점이라고 여겼던 무엇인가를 상실하게 되면 크게 실망해버린다. 실망하곤 떠나버린다. 세상에서 칭송하는 훌륭한 부부일수록 그 이면이 어둡게 보이는 것은 어쩌면 이런 이유 때문인지도 모르겠다.

타인의 불행이 때로는 즐겁다

서툰 불평은 짜증이 나지만, 정리가 잘된 불평은 예술이 되기도 한다.

인간의 마음속엔 추함이 자리잡고 있다. 그래서 타인의 불운이 때론 즐겁다. 살면서 실패한 이야기, 지긋지긋한 아내의 잔소리, 지금 다니고 있는 회사가 얼마나 불공평한 곳인지를 마구 불평하는 동안에 나의 이 쓸데없는 불평불만이 듣는 이로 하여금 잠시나마 행복을 만끽할 수 있게 해줄 수도 있다는 얘기다. 그러므로 불평을 말하기 전에 미리 계산하는 것이 중요하다. 이 계산에 따라 사람들은 "그럴 수도 있지."라고 나를 위로하는 한편, 속으로는 '저 사람보단 내 처지가 낫군.' 하고 안도하는 경우도 있고, '나만 실패한 게 아니었어.' 라고 반가워하기도 한다.

그렇다고 우리가 서로의 불행을 기다려서는 안 될 것이다. 기본적으로 우리는 순조롭게 살아가야 될 책임이 있다. 행복은 병이 아니지만 파급되어 전염되는 것이기에 지금보다 좀 더 행복해지려고 노력해야 될 의무가 있다. 그러나 사소한 실패 정도라면 주위에 공유해서 함께 위로의 수단으로 삼을 수는 있다. 그렇게 서로를 도우며 살아가는 것이다.

타인의 단점

타인의 장점을 깨닫는 것이 재능이라면 타인의 좋지 않은 점을 깨닫는 것은 우리 모두에게 주어진 본능이다. 장점을 발견하는 것은 아무나 할 수 없는 재능이다. 따라서 갈고닦지 않고서는 개발되지 않는다. 보다 적극적으로, 의식적으로 이 재능을 꽃피우려고 노력하지 않으면 안 된다. 장점의 발견은 입에 발린 말이나 아부와는 근본적으로 다르다. 아부는 실체가 없는 것에 대한 속임수다. 장점을 발견하고 이를 제대로 칭찬하는 일은 말처럼 간단한 문제가 아니다. 이를 완벽하게, 아름답게 완성하기 위해서는 평소에 애정을 갖고 사람들을 충분히 관찰하는 눈을 길러야 한다.

4부

보통의 행복

보통의 행복

세상에서 명성을 떨치는 CEO, 종교가, 정치가, 학자, 예술가들의 일생은 그 자체로 존중받아 마땅하겠으나, 마음을 가라앉히고 그들이 살아온 전기를 읽다보면 '참담한 행복이 아니었을까' 하는 의구심이 드는 것도 사실이다. 그들 스스로 나약한 소리를 외치지는 않았다. 하지만 위대한 성공에는 대가가 따르기 마련이다. 과정에서 겪었던 실패와 좌절, 상처는 일반인이 상상하기 어려울 정도로 진폭이 크다. 겉으로 보이는 행복 뒤에는 행복의 깊이와 기쁨을 뛰어넘는 상처와 슬픔이 도사리고 있다는 생각이 든다.

최근에 모 대기업 사장이 세상을 떠났다. 개인적으로는 그와 인연이 없다. 다만 듣기로는 죽기 직전까지 분초를 나눠 움직여야 될 만큼 바빴다고 한다. 경쟁사를 이겨야 하고, 주주총회에서 사람들을 설득해야 하고, 사내 파벌을 견제하는 한편, 회사의 막대한 자본금과 명성을 유지해야 한다는 엄청난 스트레스에 시달렸다. 이 나라의 경제를 지탱하는 상당 부분을 담당하고 있다는 자각은 화려하다. 그러나 뒤편에는 '참담한 행복'이 도사리고 있는 것이다.

　세상은 무책임하게도 겉모습만 그럴듯한 안정된 가정, 남들이 인정하는 영광된 자리를 차지해야 객관적으로 행복해질 수 있다며 개인에게 그와 같은 행복을 강요한다. 내가 알기로는 '객관적 행복'이란 있을 수 없는 개념이다.

　지식과 기준이 넘쳐나는 세월을 살아간다고는 하나, 옛날이나 지금이나 변함이 없는 것은 행복의 개념을 만들어내는 힘은 각자에게 달리 주어졌다는 것이다. 이 고독한 길은 영원히 변하지 않는다.

남들처럼 살지 않습니다

나는 내가 되어 살아간다. 인간의 운명이다. 개별적인 존재로서 살아가야 하는 이상 인간은 서로 다름이 원칙이다. 굳이 무리해서 다름을 부각시킬 필요는 없겠지만, 타고난 유전자가 다르므로 살아가는 취향이 다른 것은 당연하다.

남들이 그렇게 하니까 나도 그래야 한다는 걸 나는 아들에게 가르치고 싶지 않았다. 친구가 책을 읽고 있는데 왜 너는 읽지 않니, 라고 의문을 제기해서는 안 된다. 친구가 가지고 있는 게 너에겐 없을 수도 있지만, 친구들에겐 없는 것이 너한테만 주어진 것도 있단다, 라고 가르치려고 노력했다.

　이런 인식이 확립되었을 때 그 아이가 추구하게 될 행복의 방향이 결정된다고 생각했다.

받는 입장

거렁뱅이 근성이라는 게 있다. 내가 봤을 때는 매우 보편적인 근성이다. 어떤 의미에서는 자연스럽기도 하다. 다만 한 가지 곤란한 점이 있다.

타인으로부터 받는 입장에 처해 있는 인간은 절대로 그 상황에서 만족을 찾지 못한다는 것이다. 만족이 없으니 행복할 리 없다. 환자와 어린이와 노인을 가리지 않고 타인에게 줄 수 있는 입장이 되었을 때 비로소 인간은 만족한다. 노인의 불행은 누가 나를 부축해주지 않아서가 아니다. 부축 받지 못했다고 불평하는 순간 불행해지는 것이다. 세상의 불행은 대부분 이런 사고방식에서 생겨난다.

존재만으로도 등불이 될 수 있다

어디서 들은 이야기인지, 읽은 이야기인지는 확실치 않다. 오래 전 몸이 불편한 늙은 여자가 매일 밤 길가에 난 창 아래 등불을 걸어놓고 그 거리에 앉아 있었다는 이야기다.

그곳을 지나가는 여행자를 위해서였다. 어둠에 잠긴 거리를 걸어온 여행자들을 맞이하는 등불이었다. 숱한 위협을 뚫고 그 거리에 도착한 여행자는 창 밑에 내걸린 희미한 등불을 보고 안도했을 것이다. 다정한 마음이 자신의 여행과 함께 하고 있음에 안심했을 것이다.

인간은 존재만으로도 등불이 될 수 있다. 특별한 일을

하지 않아도 괜찮다. 힘없는 늙은 여인도 타인의 발밑을 밝혀주는 것이 가능하다. 별것 아닌 친절을 통해 그녀는 타인과 더불어 살아간다는 인간의 본질을 지켜냈다는 안도감에 행복하다. 안도감은 등불을 발견한 여행자만의 것이 아니다.

언제쯤 저녁을 먹을 수 있을까, 오직 그 생각뿐

오십을 앞두고 시력에 위기가 찾아왔다. 중심성망막염이 양쪽 눈에서 발견되었다. 선천적인 고도근시 때문에 백내장 수술까지 받아야 되는 상황이었다. 매우 위험한 수술이어서 시력을 잃게 될지도 모른다고 했다. 다시는 글을 쓸 수 없다는 불안이 우울증으로 확산되었다.

그러나 현실은 나의 내면적 갈등에 아랑곳하지 않고 마구 진행되었다. 육체적 능력이 한계에 도달했음에도 나는 겉보기에 건강하고 활기가 넘쳤기에 오래 전부터 예정되어 있던 터키 여행을 강행하고야 말았다.

이스탄불에 도착한 바로 그날, 약 400킬로미터 떨어

진 앙카라로 출발했다. 지금은 완전히 달라졌겠지만 당시의 간선도로는 말이 도로지 비포장 자갈길이었다. 여섯 시경에는 도착할 수 있으리라는 예정이 계속 늦춰졌다. 중간에 식당도 없었다. 가져간 과자를 나눠 먹으며 허기를 견뎠다.

해질녘에 창밖을 바라보는데 알 수 없는 감정들이 벅차올랐다. 나는 여섯 개의 연재를 중단하고 터키행 비행기에 몸을 실었다. 언제부턴가 죽을지도 모른다는 불안감이 나를 휘감고 있었지만 그 순간만큼은 죽음을 떠올리지 않았다. 오직 언제쯤 저녁을 먹을 수 있을까만 생각하고 있었다. '결핍'에 의해 얻어진 생활에 대한 실감이었다.

염려와 공포는 불필요한 것들을 소유함으로써 생겨난다. 이날까지 살아오면서 내가 발견한 사실들 가운데 가장 멋진 발견이었다고 자부한다.

행복해지는 비결

자기가 뜻하는 대로만 살아온 사람은 이 세상에 없다. 대신 우리 대부분은 수도와 전기의 은혜를 누리며 오늘 먹을 저녁밥을 걱정하지 않아도 된다. 만에 하나 걱정하는 사람이 있더라도 조금 적은 양에 불편을 느끼는 정도다. 국민 누구나가 최소한의 의료지원 혜택을 받고 있으며, 기본적인 교육은 의무적으로 국가에서 시행하고 있다.

이런 혜택이 전 세계인이 다 함께 누리는 보편적인 현실은 아니다. 정치적 난민이 넘쳐나며, 동물보다 못한 처참한 빈민촌도 많다. 그들에 비하면 우리는 최소한의 조건이 갖춰진 상태에서 인간다움을 보장받아왔다고 말하지 않을 수 없다.

사회적 불평등, 부모 자식 사이의 불화, 친구의 배신은 허용 범위 안에 있다. 사고로 목숨을 잃는 것까지 허용 범위에 포함시켜도 될지 모르겠지만, 이 또한 잠재적인 가능성에 포함시키는 것이 마땅하다.

"없는 것을 헤아리지 말고 있는 것(받은 것)을 헤아리라."는 속담이 있다. 나는 이런 자세로 살고 싶다. 이것이 지혜이며, 행복해지는 비결이기 때문이다.

불행을 알아야 행복도 안다

기본적이며 원시적인 불행이란 오늘날과 같은 의식주가 확보되지 않는 것을 말한다. 이런 체험을 해본 적이 없는 사람들은 기본적이고도 원시적인 행복을 발견하는 기술 면에서 서툴다. 오늘 밤 먹을 게 있다는 것만으로도 얼마나 큰 행복인가. 눅눅하지 않은 잠자리에 누울 수 있다는 것만으로도 얼마나 큰 행운인가. 이에 대해 감사해보지 못한 사람이 행복을 모르는 건 당연하다.

사람은 자신이 갖지 못한 것의 가치를 이해하는 데 능란하다. 짓궂은 장난 같은 일이다.

오늘 저녁 밥상이 준비되어 있다

성서에 보면 "기뻐하라!"라는 구절이 있다. 인생에 대한 명령 중 하나다. 사도 바오로는 '기쁨을 발견하는 것'이야말로 우리가 이 땅에서 행복을 손에 넣는 첫 번째 열쇠라고 가르치고 있다.

항상 기뻐하라고는 하지만, 그게 쉽지 않은 문제다. 바오로는 주변 환경이 아닌 자신의 의지로서 기뻐해야 된다고 말한다.

이를테면 내가 지금까지 살아온 게 누구 덕분이며, 얼마나 큰 행운이었는지를 떠올려본다. 불경기라고는 해도 머리 위로 포탄이 날아다니지는 않는다. 당장 내가 사는 골목에서 폭탄 테러가 일어날 염려도 적다. 전기와 수도가 끊기지 않고 넉넉히 공급되는 집에 살고 있다. 오늘 저녁 밥상이 준비되어 있다. 이처럼 당연한 일상에 감사하는 것, 이를 두고 재능이라 부르지 않을 수 없다.

적당함의 미학

적당한 자신감, 적당한 가난, 또는 적당한 풍요로움, 적당한 좌절감, 적당한 성실, 적당한 안정, 적당한 거짓말, 적당한 슬픔, 적당한 싫증, 적당한 기대 또는 적당한 체념…. 이것들이 인생에 깊이를 더하고 그늘을 드리우며 좋은 맛과 향기가 나는 존재로 만들어준다.

마음을 비운다

나는 이상하게도 마음 비우기를 잘하는 편이다. 특별히 사상적인 고민의 결과는 아니다. 다만 이 세상은 뜻대로 되지 않는 곳임을 잊지 않고 있으므로 끈덕지게 좇아가겠다는 집착에 시달리거나, 효율이라는 것을 따져 계산하거나, 시기가 이르지 않은 일들이 당장 이루어지기를 욕심내지 않는다는 정도다.

목적은 어차피 한 가지밖에는 이루어지지 않는다. 그러므로 가장 중요한 것이 무엇인지 결정한 후 나머지는 마음을 비우는 게 상책이다.

마음을 비우는 일은 언제나 효과적인 해결책이다. 마

음을 비우는 일에는 자신의 생명도 포함된다. 불운이 찾아오기 전에 먼저 조금씩 비워나간다면 절망과 원망에 시달릴 일이 없다. 절망하고 원망하는 이유는 누군가가 나서서 나의 상황을 개선해주리라 기대하고 있기 때문이다.

불분명하므로 부드럽다

내 인생에서 운명은 매우 중요한 무게를 차지하고 있다. 나 역시 노력으로 운명의 흐름을 조금이라도 바꿀 수 있기를 기대한다. 바라지만 그에 못잖게 운명은 거스를 수 없다고 확신하고 있다. 나는 이 두 가지 믿음을 모순이라고 생각해본 적이 없다.

만에 하나 노력에는 반드시 성과가 있다는 진리가 세상을 지배한다면, 우리의 삶은 경박해질 것이다. 특히 나 같은 사람은 성공 앞에서는 내가 노력한 덕분이라며 터무니없이 우쭐대다가도 작은 실패에 금방이라도 파멸할 것처럼 스스로를 원망하게 될지도 모른다. 내겐 노력이 꼭 결과로 이어지는 것은 아니라는 이 기막힌 현실이 구원이다. 변명이 가능해지기 때문이다. 노력과 성공의 불분명한 인과관계 속에서 세계는 내가 살아가기에 조금은 부드러운 곳이 되었다.

잠깐의 여유

　요즘은 감사를 배울 만한 곳이 마땅치 않다. 젊은 시절에는 자신에게 주어진 호의와 행운에 대해서 여간해서는 정당하게 평가하기 어렵다. 결과가 좋은 이유는 나의 소질과 노력의 결과라고 생각하기 쉽다. 이를 비판하려는 생각은 없다. 그런 패기도 필요하기 때문이다. 지나친 자신감 없이 재능은 뻗어나가지 못한다.

　그러나 세월이 흘러 인생을 알게 될수록 내가 얻은 것들 중 대부분이 우연에 따른 결과물임을 인정하게 된다. 그때부터 '감사'의 면목이 자연스레 몸에 새겨지는 것이다.

인생의 매순간이 나에게 행운인지, 아닌지를 결정짓는 기준은 감사할 수 있는가에 달려 있다. 불행한 사람은 주변 환경이 곤란해진 탓에 불행해진 것이 아니다. 그나마 내가 현재와 같은 모습으로 살아갈 수 있었던 배경이 누구의 도움 때문인지를 떠올리지 못하게 되는 순간, 인간은 불만 덩어리가 되어 불행의 나락에 빠져든다.

감사는 마지막까지 우리와 함께하는 영혼의 고귀한 표현이다. 세상 천지에 감사할 만한 일을 겪어보지 못한 사람은 없다. 나 혼자만의 힘으로 여기까지 왔다고 자신 있게 말할 수 있는 사람은 없다. 아무리 불행한 사람이더라도 감사한 마음을 품고 살아가야 될 이유를 마련해준 고마운 누군가가 있게 마련이다.

젊었을 적에 둘도 없는 미인이었더라도 세월과 더불어 겉모습은 추레해진다. 하지만 간혹 나이를 초월해 멋지다고 생각되는 사람이 있다. 그가 주어진 것들에게 감사하는 사람이기 때문이다. 감사할 줄 아는 재능은 교육 수준이라든가, 선천적인 두뇌와 전혀 무관하다. 하물며 타고난 운이나, 경제적인 풍요로움과도 관계가 없다. 단지 마음을 너그럽게 가져보는 잠깐의 여유에 달려 있다.

생각해보면 '감사하는 사람'으로 비치는 것이야말로

인생 최고의 모습이다. '감사하는 사람'의 일생에는 향기로운 요소들이 가득하다. 겸손과 너그러움, 따뜻함, 위로, 기쁨과 여유가 있다. 그래서 '감사하는 사람' 주변에는 사람들이 모인다. '불평하는 사람'에게서 자연스레 멀어지는 것과는 참으로 대조적이다.

타산지석 시리즈

"눈에는 보이지 않는 진짜 그 나라 이야기"

※타산지석 시리즈는 계속 발간됩니다.

마음을 열어주는 책

약간의 거리를 둔다 소노아야코지음/김욱옮김/160면/9,900원
세상이 원하는 행복과 약간의 거리 두기. 타인이 바라는 나를 위해 애쓰지
않기.

타인은 나를 모른다 소노아야코지음/오근영옮김/144면/9,900원
관계로부터 편안해지는 법. 타인과 나는 다르며, 또 절대 같아질 수 없음
을 상기시킨다. 이를 통해 타인으로부터의 강요는 물론, 나의 생각을 받아
들이지 못하는 상대로 인한 스트레스로부터 편안해진다. .

남들처럼 결혼하지 않습니다 소노아야코지음/오근영옮김/216면/10,900원
아쿠타가와상 후보에 오르면서 문단에 데뷔한 일본의 소설가 소노 아야
코의 부부 심리 에세이.

좋은 사람이길 포기하면 편안해지지 소노아야코지음/오경순옮김/176면/11,800원
사람으로부터 편안해지는 법. 타인을 미워하지 않고도 사람으로부터 받
은 상처를 극복할 수 있도록 도와주는 책.

마흔 이후 나의 가치를 발견하다 소노아야코지음/오경순옮김/246면/13,000원
나이듦의 진정한 가치를 전함으로써 중년 이후의 삶에 대하여 기대를 품
게 한다. 마흔 이후의 삶이야말로 지금까지 발휘할 수 없었던 혜안을 통해
인생의 진정한 의미를 깨닫고 음미하며 완성해나갈 수 있음을 알려준다.

조그맣게 살 거야 진민영지음/184면/11,200원
미니멀리스트 진민영 에세이. 외형적 단순함을 넘어 내면까지 비우는 삶
을 사는 미니멀 라이프 예찬론. 군더더기를 빼고 본질에 집중하는 삶을 통
해 '성공이 아닌 성장', '평가받는 행복이 아닌 진짜 나의 행복'으로 관점
을 바꿔준다.

내향인입니다 진민영지음/160면/11,800원
홀로 최고의 시간을 보내는 내향인 이야기. 얕게는 내향성에 대한 소개부
터 깊게는 사회가 만들어놓은 많은 정형화된 '좋은 성격'에 대한 여러 가
지 회의적 의문을 제기한다.

옮긴이 김욱

언론계 최일선에서 오랫동안 활동했다. 현재는 인문, 사회, 철학, 문학 등 다양한 분야의 서적을 탐독하며 사유의 폭을 넓히고 있다. 지은 책으로는 《가슴이 뛰는 한 나이는 없다》 《희망과 행복의 연금술사》 《탈무드에서 마크 저커버그까지》 《성공한 리더십, 실패한 리더십》 등이 있다.
옮긴 책으로는 《지적 생활의 즐거움》 《간소한 삶, 아름다운 나이듦》 《여행하는 나무》 《아미엘의 일기》 《니체의 숲으로 가다》 《지로 이야기》 《동양기행》 《황천의 개》 《노던라이츠》 《지식생산의 기술》 등이 있다.

약간의 거리를 둔다

1판 21쇄 발행 2019년 1월 24일

지은이 소노 아야코
옮긴이 김욱
펴낸이 김현정
펴낸곳 도서출판리수

등록 제4-389호(2000년 1월 13일)
주소 서울시 성동구 행당2동 328-1 한진노변상가 110호
전화 2299-3703
팩스 2282-3152
홈페이지 www.risu.co.kr
이메일 risubook@hanmail.net

ⓒ 2016, 도서출판리수
ISBN 979-11-86274-15-6 03830